A MONSEIGNEVR MONSEIGNEVR LE COMTE DE LA PALISSE, DE S^T GERAN.

ONSEIGNEVR,

I'ay long-temps balancé deuant que de me resoudre à vous offrir vn Ouurage qui n'a pas encore atteint sa fin, & dont mesmes quelques Vers n'ont pas encore receu les derniers coups de Pinceau: Mais enfin, l'auer-

ſion que j'ay pour l'ingratitude, n'a pû ſe retenir dauantage: Et j'ay crû que vous eſtant auſſi redeuable que ie ſuis, le plus leger hommage auroit plus de grace, & troueroit plus d'excuſe auprés de vous que le ſilence le plus juſte: C'eſt vn ſentiment qui me vient de la connoiſſance que j'ay de cette generoſité que vous poſſedez au plus au poinct, & qui ne peut partir que d'vne Ame toute Noble & toute Illuſtre: Son éclat, MONSEIGNEVR, en jette vn nouueau ſur le reſte de vos qualitez; & leur aſſemblage heureux fait vne preuue glorieuſe de cette belle Naiſſance qu'on vous diſpute auec tant d'injuſtice & d'obſtination: La Nature en a graué les beaux caracteres ſur voſtre viſage, & il ſemble que par vn ſecret preſſentiment du Deſtin qu'on vous preparoit, elle s'en eſt fait vn ſoin particulier. En effet, MONSEIGNEVR, ils y ſont ſi viſibles, que l'on ne trouuera que ceux à qui la paſſion & l'intereſt a fermé les yeux qui n'y remarquent pas les traits glorieux de ces fameux Heros qui ont auec tant de ſuccez conſommé leur vie au ſeruice de la France, & dont le Nom viura toûjours au Temple de la Memoire. Tout le monde vous regarde comme vn rejetton de cette illuſtre Tige; & la voix du peuple, qui eſt celle de Dieu, préuient deſia en voſtre faueur l'importante déciſion qu'on attend de la plus Auguſte Compagnie de toute la Chreſtienté. Tout le monde auroit deſia la joye auec vous de la voir prononcée à la confu-

ſion de vos ennemis, ſi leurs retardemens & leurs delais ne donnoient chaque jour de nouueaux obſtacles à l'iſſuë qu'ils en apprehendent. Il eſt vray, MONSEIGNEVR, que leur crainte eſt aſſez legitime dans leur paſſion: Et cet œil toûjours ouuert ſur les actions des hommes, a reſpandu des clartez ſi viues ſur ces tenebres dont on s'eſt efforcé d'enuelopper l'attentat qu'on a fait à voſtre perſonne, que malgré tous ces nuages on voit aujourd'huy comme en vn jour tout pur l'horreur d'vn crime ſi noir, & la gloire de voſtre ſang. Ce ſont des veritez dont ie ſuis perſuadé plus que perſonne. Et ie ne puis m'imaginer que ces qualitez Heroïques dont vous eſclatez, puiſſent venir d'vne ſource moins belle.

Il faut naiſtre d'vn Sang illuſtre
Pour auoir ces rares threſors,
Que voſtre Eſprit & voſtre Corps
Font briller auec tant de luſtre.

Le Ciel n'a que pour les Heros,
Et que pour ceux qu'il en fait naiſtre,
Ces brillants ſi purs & ſi beaux,
Que dans voſtre ame on voit paraiſtre.

C'eſt à ce merite ſeul, MONSEIGNEVR,

que j'attacherois tous mes hommages ſi ie ne les de-uois pas à cette reconnoiſſance, qui m'engage d'eſtre inuiolablement, & auec tout le reſpect imaginable,

MONSEIGNEVR,

Voſtre tres-humble, tres-obeïſſant,
& tres-obligé ſeruiteur,

N. DE LA GROVDIERE.

AD AVCTOREM EPIGRAMMA.

MACTE animis, Vates, hodiernos excole mores,
Proficient monitis sæcula nostra tuis:
Et simul huius erit merces tibi magna laboris,
Quo meliora, magis te quoque sæcla colent.

DE GOTOT.

QVel digne prix auront tes Vers,
Il n'est point d'esprits si peruers
Que leur charme n'assujetisse;
Les vices par tes soins se verront abbatus,
Et le Ciel desormais n'employra sa justice
Qu'à recompenser les Vertus.

---- *Discite iustitiam moniti, & non temnere Diuos.*
VIRG.

QVA-

QVATRAINS CHRESTIENS ET MORAVX.

LIVRE PREMIER.

I.

PPRENDS, apprends qu'il est une Essence supréme,
Un Estre qui dépend seulement de luy-méme,
Qui n'a dans ce qu'il fait besoin d'aucun secours,
Et dont tous les agens empruntent le concours;

II.

Vn Principe premier, vne Cause des causes,
La source d'où l'on voit éclorre toutes choses,
La Base qui soustient tout ce vaste Uniuers,
Un Pouuoir qui regit tous les Estres diuers;

III.

Un Esprit penetrant, & de qui la Puissance
Fait dans tout ce qu'on voit couler son influence.
Un Oeil toûjours ouuert, vne viue Clarté
Qui des plus sombres nuicts perce l'obscurité;

IV.

Un Miroir merueilleux, qui de nos auantures
Porte dans son cristal les fideles Peintures;
Et qui des temps diuers jusqu'à leurs derniers iours,
Comm' en vn seul portrait represente le cours;

V.

Un Poinct indiuisible, vn Estre sans meslange,
Une Nature simple & qui iamais ne change;
Qui vit auant les temps, & de qui la Grandeur
Fera tousiours briller sa Gloire & sa splendeur.

VI.

Adore ce pouuoir, & reuere cét Estre,
Sans vouloir t'esleuer jusques à le connoistre:
Lors que l'homme pretend penetrer ses secrets,
Il s'en trouue aussi loin qu'il croit en estre prés.

VII.

Mais toy! de qui l'esprit dépourueu de lumiere,
Ne veut pas aduoüer cette Essence premiere,
Vois-la dans mille effets qu'à produit son amour,
Où son courroux viendra te l'approuuer vn jour.

VIII.

Reconnois sa Grandeur dans toutes ces merueilles,
Dont la Terre fait voir les beautez sans pareilles:
Admire dans les Cieux le pouuoir de sa main;
Et vois enfin par tout cét Estre souuerain.

IX.

Cét infaillible Instinct qu'on voit en toute chose
Dans vn douteux hazard ne peut auoir sa cause;
Et la Mer ne sçauroit si bien regler son cours
Sans les secrets efforts de ce puissant concours.

X.

Lors que l'Astre du jour montant sur l'Hemisphere,
Fait reprendre à chacun son trauail ordinaire,
Ta premiere action soit d'adorer ce Dieu,
De qui l'Estre infini se rencontre en tout lieu.

XI.

Puisque c'est vne Essence & pure & sans matiere,
Vn Esprit reuestu d'vne viue lumiere,
Apporte dans son Temple, au lieu de ton encens,
Vne ame toute pure, & des vœux innocens.

XII.

Reuere où que tu ſois ce que le Ciel ordonne,
Suy par tout les conſeils que la Vertu te donne,
Et dans l'obſcurité des lieux les plus couuerts,
Vis comme tu viurois aux yeux de l'Vniuers.

XIII.

Si le foudre peut bien dans les places publiques
Chaſtier les horreurs de tes lâches pratiques :
Il peut également, pour punir tes pechez,
Faire aller ſes éclats dans les antres cachez.

XIV.

Sçache, quoy qu'vn mortel penſe, deſire ou faſſe,
Que Dieu voit ſon reſpect ou connoiſt ſon audace,
Et de ce qui ſe paſſe en tout cét Vniuers,
Que rien ne peut tromper ſes yeux toûjours ouuerts.

XV.

C'eſt en vain que ton cœur ſans iamais les éclorre,
Cacheroit des projets que ſa Iuſtice abhorre :
Rien ne peut échapper à ſa viue clarté,
Et tous les cœurs pour luy ſont ſans obſcurité.

XVI.

Miniſtres du grand Dieu, ſacrez dépoſitaires
De nos vœux plus ſecrets, & de ſes ſaints Myſteres !
Voſtre cœur qui ne doit iamais eſtre taché,
Met pour vous des horreurs dans le moindre peché ;

XVII.

Toutes vos actions doiuent autant d'exemples,
Et lors que vous offrez nostre Dieu dans ses Temples,
Vostre ame qui paroist deuant sa Majesté,
Doit monstrer à ses yeux toute la pureté.

XVIII.

Souuiens-toy que tu n'és qu'vn ouurage de cendre,
Et que ce souuenir te force de descendre
Du haut de cét orgueil, où ton cœur emporté
Ne connoist qu'auec peine vne Diuinité;

XIX.

La main qui te forma, te forma de poussiere
Pour borner les transports de ton ame trop fiere;
Et te voyant encor ingrat à son amour,
Te remet en poussiere aprés ton dernier jour:

XX.

C'est vne loy pour tous, & sa rigueur prepare
Vn semblable destin à l'objet le plus rare:
Son corps tout beau qu'il est malgré ses traits diuers
Doit estre vn vil amas & de poudre & de vers.

XXI.

De ton cœur abusé que l'espoir ne se fonde
Sur aucun de ses biens que nous offre le monde:
Leur pompe est passagere, & le sort & le temps
Nous dérobent enfin leurs charmes inconstans.

XXII.

Celuy qui met en Dieu toute ſon eſperance,
Deuient maiſtre d'vn bien qui n'a point d'inconſtance;
Son ame inceſſamment en voit les doux appas,
Et ſon bon-heur le ſuit au delà du treſpas.

XXIII.

Nul de ces biens diuers qu'on voit en cette vie,
Ne peut entierement contenter noſtre enuie:
Mais noſtre cœur charmé, dans le ſouuerain Bien,
A ſes deſirs flotans trouue vn ferme lien.

XXIV.

Ne faits point des treſors ta plus ſolide joye,
Le ſort nous les rauit comm'il nous les enuoye;
Et chez toy ſi l'on voit vn grand amas de bien,
En moins d'vn tour de main on peut n'y voir plus rien.

XXV.

Le pompeux appareil d'vne pleine fortune
N'eſt qu'vn faix qui nous laſſe, & qui nous importune
Quand nos poſſeſſions ont fourni nos beſoins,
Tout le reſte ne ſert qu'à redoubler nos ſoins.

XXVI.

Les Chaſteaux orgueilleux, les Palais magnifiques,
Les balluſtres dorez, les lambris, les portiques,
Et les beaux cabinets d'vn ſejour enchanté,
N'eſt pas où l'on joüit de la tranquillité.

XXVII.

Le ſoin de conſeruer cette richeſſe vaine,
Nous tourmente ſans ceſſe, & nous met à la geſne;
Sans ceſſe nous craignons ou les reuers du ſort,
Ou le funeſte coup qui conduit à la mort.

XXVIII.

Celuy qui ſans orgueil peut borner ſon enuie
A chercher ſeulement ce qu'il faut pour la vie;
Celuy-là dans ſon ſort eſt plus heureux cent fois
Que ceux qui ſont au rang des Princes & des Rois.

XXIX.

Du luxe deceuant la trompeuſe apparence
N'eſt qu'vn triſte chemin qui mene à l'indigence:
La propreté ſans fard brille bien plus aux yeux
Que ne fait tout l'éclat des rubis precieux.

XXX.

Concierge malheureux d'vn treſor inutile,
Pauure au milieu des biens, ame baſſe, ame vile,
Auare! où trouues-tu de ſi charmans appas
A poſſeder des biens, & ne t'en ſeruir pas;

XXXI.

Quite ces bas tranſports dont la peine eſt extrême,
Ouure, ouure tes treſors aux pauures, à toy-même;
Regarde leurs beſoins, regarde ton malheur,
Et finis ta miſere en finiſſant la leur.

XXXII.

Voy ton pauure heritier que la Fortune outrage
Pendant que de ton or tu ne fais nul vſage;
Sçache que quand la mort t'arrachera ce bien,
Il en obtiendra tout, & ne te deura rien.

XXXIII.

Si ton bien peut ſuffire à donner aſſiſtance
Au pauure malheureux que pourſuit l'indigence
Lors que tu le verras abbatu de la faim,
Ne luy refuſe pas au moins vn peu de pain.

XXXIV.

Bien que tu ſois heureux, & que le ſort l'outrage,
De celuy qui t'a fait il eſt pourtant l'ouurage;
C'eſt ton ſang, c'eſt ton frere, il ſuit la meſme Loy,
Et doit auoir vn jour part au Ciel comme toy.

XXXV.

Ne vois point du prochain auec vn œil d'enuie
D'vn proſpere ſuccez la fortune ſuiuie;
Et ne fais point auſſi voir dans ſon triſte ſort
D'vn injuſte plaiſir le coupable tranſport.

XXXVI.

Pourquoy voir à regret ſa joye & ſa fortune?
Que ſon heureux deſtin a-il qui t'importune?
Et quel bien tires-tu de ce plaiſir honteux
Que tu prends de le voir dans vn ſort malheureux?

Dans

XXXVII.

Dans ton authorité bien qu'il te ſoit facile,
De rauir du prochain l'heritage fertile,
Songe qu'on ne doit pas écouter ſon pouuoir
Mais qu'il ſe faut ſoûmettre aux loix de ſon deuoir.

XXXVIII.

Lors que tu vois quelqu'vn à qui le ſort contraire
Par des afflictions fait ſentir ſa colere,
Si tu ne veux l'ayder, à l'excés de ſes maux
Au moins n'adjoûte point des inſultes nouueaux.

XXXIX.

Lors que ta bouche affirme vne lâche impoſture,
Peux-tu faire le Ciel témoin de ton parjure;
Celuy qui ſe reſout à ce crime ſi noir,
Se rit de ſa iuſtice, & braue ſon pouuoir.

XL.

Si d'vn Dieu plein d'amour la bonté paternelle
Ne peut porter au bien ton ame criminelle,
Crains les feux eternels, & ces longs châtiments
Qui n'ont rien en ces lieux d'égal à leurs tourments.

XLI.

Dompte les noirs tranſports qu'inſpire la vangeance,
Pardonne aux ennemis dont la rage t'offence,
Et tes pechez vn iour trouueront dans les Cieux,
Cette meſme bonté que ton cœur a pour eux.

XLII.

Au gré des mouuemens où la fureur te guide ;
Ne soüille point tes mains d'vn crüel parricide,
Et dans tous les humains du Dieu qui t'a formé,
Regarde auec amour le portraict animé.

XLIII.

Si lors que tu fais bien, tu vois toute la Terre,
Blâmer tes actions, & te liurer la guerre,
De cette injuste erreur, pourquoy t'allarmes-tu ?
Puisque Dieu voit ton cœur, & connoist ta vertu.

XLIV.

Puisque tu veux auoir vne femme fidelle,
Ne conçoy dans ton cœur des flâmes que pour elle,
L'hymen est pour tous deux semblable dans ses loix,
Et ce qu'elle te doit, toy-mesme tu luy dois.

XLV.

Aux coupables ardeurs d'vne amour insensée,
Ne laisse point aller ton cœur & ta pensée,
Ayme la Chasteté, sois pur dans tes souhaits,
Dans tout ce que tu dis, & tout ce que tu faits.

XLVI.

Si tu sens dans ton cœur vne flâme adultere,
Estouffe son ardeur, & la force à se taire,
L'effect honteux qui suit ce coupable dessein,
Offence en mesme temps le Ciel & le prochain.

XLVII.

Ne t'accoûtume point à cette violence,
Dont le transport honteux va iusqu'à l'insolence,
Modere ton humeur trop facile au courroux,
Et te faits vn esprit plus tranquille & plus doux.

XLVIII.

Dans les déreglemens où le courroux nous jette,
Le iugement se perd, la raison est muette,
Et dans ses actions nostre esprit imprudent,
S'attache tout entier aux feux de cét ardent.

XLIX.

Au gré du desespoir dont la rage t'anime,
N'immole point les iours du tyran qui t'opprime,
Cette main qui remplit les Thrônes par son choix,
A seule le pouuoir de châtier les Roys.

L.

Dans le desir de voir ta fortune plus grande,
Ne prends point de moyens que l'honneur te deffend.
Quand on se fait ainsi des destins éclattans,
Vn debris malheureux les suit en peu de temps.

LI.

Affermis ton courage à regarder sans crainte,
Du trespas asseuré l'inéuitable atteinte:
Si le coup de la mort se compte entre les maux,
Elle est également la fin de nos trauaux.

LII.

On commence à mourir dés qu'on voit la lumiere,
Vn ſeul moment nous met déja dans la carriere,
Nous mourons en viuant, & chaque heure eſt vn pas,
Dont l'inſenſible cours mene enfin au treſpas.

LIII.

Puis qu'il eſt ſi certain qu'en tous lieux, à toute âge,
La mort ſur les humains peut faire choir ſa rage,
Songe à ſon traict fatal par tout à tout moment,
Ainſi tu ne mourras iamais ſubitement.

LIV.

Que celuy de qui l'ame eſt exempte de crime,
Qui ne fait iamais rien qui ne ſoit legitime,
Qui ſuit toûjours le bien, qui fuit toûjours le mal,
De la mort en repos attend le coup fatal.

LV.

Qu'au contraire celuy qui vit dans l'injuſtice,
Qui ſe plaiſt aux forfaits, qui n'aime que le vice,
Qui mépriſe des Cieux l'Ordonnance & la Loy,
Trouue dans ſon approche, & d'horreur & d'effroy.

LVI.

Sous ſes cruels efforts, lors qu'vn mortel ſuccombe,
Que luy ſert la ſplendeur d'vne orgueilleuſe tombe,
Ces ouurages pompeux charment icy les ſens,
Mais le Ciel ne veut voir que des cœurs innocens.

QVATRAINS.

LVII.

Toy que le desespoir arme contre toy-méme,
Aprés cette fureur crains vn supplice extréme,
La vie est vn dépost dont on doit compte aux Cieux,
Et c'est vn noir forfait d'en disposer sans eux.

LVIII.

Que d'vn profond respect la pleine defference;
T'abbaisse deuant ceux, dont tu tiens la naissance,
Le soin qu'ils ont de toy, t'oblige à les cherir,
Et rien ne te dispense au moins d'en tout souffrir.

LIX.

Donnes à tes enfans la bonne nourriture,
Cultiue les presens qu'ils ont de la Nature,
Fais leur sçauoir du Ciel les Ordres & les Loix,
Ils te deuront ainsi la naissance deux fois.

LX.

Si ton cœur aueuglé, crainte d'estre trop rude,
Te force à leur souffrir vne indigne habitude,
Ton amour indiscret deuient cruel pour eux,
Et tu te faits l'autheur de leurs défauts honteux.

LXI.

Celuy, quand il le doit, qui sçait estre seuere,
Ne se détache point des sentiments d'vn pere,
Sa maniere est loüable, & ses enfans vn iour,
Dans ses iustes rigueurs connoissent son amour.

LXII.

Ne vante point le nom de celuy qui te touche,
Son Eloge plus iuste est honteux dans ta bouche,
Et bien que cent vertus le facent éclatter,
On l'impute au penchant qu'on a de se flatter.

LXIII.

Sans vn iuste dessein n'engage point ton ame.
A suiure les transports de l'amoureuse flâme,
N'aime que pour l'hymen, ou rejette ces feux
De qui l'amusement ne produit rien d'heureux.

LXIV.

Des secrets entretiens la douceur est si tendre,
Qu'on peut mal-aisément ne pas s'y laisser prendre,
Fuy-les si tu te veux dérober aux amours,
A ne faire que voir on n'aime pas toûjours.

LXV.

Au fameux Galien que ton esprit s'applique,
Ou suiue du Barreau l'honorable pratique,
Lors ton ame occupée à ces nobles emplois,
Brauera de l'amour le pouuoir & les lois.

LXVI.

Ainsi qu'vn ennemi surprend sans resistance,
La plus belle Cité, quand ell' est sans défence,
On voit également que d'vn esprit oisif,
L'amour se rend le maistre, & se fait vn captif.

LXVII.

Ne cherche du ſommeil les aimables amorces,
Qu'autant qu'il eſt beſoin pour reparer tes forces,
Son eſprit dangereux ,de l'eſprit & du corps
R'allentit les beaux feux ,& les nobles efforts.

LXVIII.

Ne permets point ta bouche à l'indigne licence,
De lâcher des propos ,dont la pudeur s'offence,
L'impudence ſied mal aux courages bien-faits,
Et cette qualité n'eſt que d'vn porte-faix.

LXIX.

Ne regarde des biens le pompeux auantage,
Qu'autant que le beſoin t'en impoſe l'vſage;
Mais ce beſoin fourni ,donne le reſte à ceux
Dont vn injuſte ſort a fait des malheureux.

LXX.

Bien que plein de moyens ne laiſſe pas de ſuiure,
Quelque art de qui l'employ te gagne dequoy viure,
La fortune peut tout ,ſur ce qu'elle a donné,
Mais aux dons de l'eſprit ſon pouuoir eſt borné.

LXXI.

Si le Ciel t'a placé dans le haut rang de Iuge;
Du pauure indéfendu ſois toûjours le refuge,
Et que la paſſion ,le ſang ny l'intereſt,
Ne te faſſent donner jamais aucun Arreſt.

LXXII.

Voy d'vn esprit constant, & d'vn ferme courage,
La coupable rigueur du Iuge qui t'accable,
Et songe que le Ciel punissant son forfait,
Te doit vn iour vanger du tort qu'il t'aura fait.

LXXIII.

Ne mets point ton plaisir à boire sans mesure,
Regarde seulement ce que veut la Nature,
Le vin pris par excés, n'est qu'vn triste poison,
Qui nous corrompt les sens, & trouble la raison.

LXXIV.

Ainsi conserue mieux ce brillant caractere,
Des autres animaux, par qui l'homme differe,
Et songe qu'offuscant vn don si precieux,
Ton cœur deuient ingrat à la faueur des Cieux.

LXXV.

Faits bien, & n'ays pour but que le soin de bien faire,
C'est soüiller ce qu'on fait, d'en attendre vn salaire,
Et de ce vil appast vn esprit combattu,
Suit plus son interest qu'il ne suit la vertu.

LXXVI.

Dans les traits de ta main, dans ceux de ton visage,
Ne cherche point du sort la faueur ou l'outrage,
Vis bien, sans t'allarmer d'vn soin trop curieux,
Et laisse tout le reste aux volontez des Cieux.

Soit

LXXVII.

Soit par des veritez, ſoit par vne impoſture,
N'offence point des morts la triſte ſepulture;
L'homme n'a qu'au tombeau la fin de ſes trauaux,
Et c'eſt eſtre cruel d'y troubler ſon repos.

LXXVIII.

A l'honneur du prochain, lors que tu fais outrage,
Conſidere le crime où la fureur t'engage:
Le bien qu'on nous rauit, nous peut eſtre rendu;
Mais l'honneur que l'on perd, eſt pour jamais perdu.

LXXIX.

Au bon-heur des méchans ne porte point d'enuie;
Tu les verras vn jour malheureux dans la vie,
Et le Ciel toſt ou tard s'armera de ſes traits,
Pour abbatre leur pompe, & punir leurs forfaits.

LXXX.

Des ſuprêmes grandeurs ne cherche point le faiſte,
On voit les lieux plus hauts en but à la tempeſte;
Et la mer dans ſes flots cache plus de danger,
Qu'vn nocher n'en rencontre en vn fleuue leger.

LXXXI.

Ne hante qu'auec ceux dont l'ame belle & pure,
Te peut de ſes vertus imprimer la teinture;
Comme auec les mêchans on deuient vicieux,
De meſme auec les bons on deuient bon comme eux.

LXXXII.

Regler de ton ami la honteuſe conduite,
Eſt le ſoin le plus beau dont ta ferueur s'acquite;
C'eſt par où l'amitié ſe peut mieux faire voir,
Et tu manques à tout manquant à ce deuoir.

LXXXIII.

Lors que rempli de vin ta prudence s'abuſe;
Dans ſes effets peruers ne cherche point d'excuſe,
Pouuant de ce breuuage vſer plus ſobrement,
Tu dois tout imputer à ton déreglement.

LXXXIV.

Pour vn cœur genereux où la conſtance éclatte;
Il n'eſt point de malheur dont la force l'abate,
Il ſe ſoûtient toûjours; & contre tout le ſort,
Sa vertu luy fournit vn ſecours aſſez fort.

LXXXV.

Soit que ton vain diſcours t'éleue ou te rauale;
On voit dans l'vn & l'autre vne foibleſſe égale,
L'honneur dans le premier ne ſe peut auoüer,
Et qui ſe blâme cherche à ſe faire loüer.

LXXXVI.

Pour conſeruer le bien que t'ont acquis tes peines;
Ne t'emporte jamais à des dépences vaines,
Le bien mal ménagé ne dure pas long-temps,
Et l'on conſume en peu le fruict de pluſieurs ans.

LXXXVII.

Prends quand l'occaſion te le rend neceſſaire,
De tous également vn conſeil ſalutaire,
Que celuy dont tu l'as ſoit dans vn rang abjet,
Qu'importe s'il te ſert à regler vn projet.

LXXXVIII.

Lors que ton bras pouſſé des tranſports de la gloire,
A ſur tes ennemis emporté la victoire,
Dans vn ſuccés ſi beau ſois maiſtre de ton cœur,
Et tu ſeras deux fois glorieux & vainqueur.

LXXXIX.

Celuy qui dans le bruit que ſon nom fait répandre,
Conçoit vn vain orgüeil, & ne peut ſe comprendre,
Il ternit tout l'éclat d'vn honneur ſi pompeux,
Et ſe fait de ſa gloire vn opprobre honteux.

XC.

Au lieu de t'attacher à des richeſſes vaines,
Fais éclatter ton nom par de fameuſes peines;
Le threſor le plus grand n'égale point le bruit,
Que ſeme la vertu de celuy qui la ſuit.

XCI.

Crains encor au milieu de ton bon-heur extrême,
Si tu t'és éleué tu peux tomber de meſme,
Et dans quelque malheur que tu te puiſſes voir,
Fais agir ton courage, & conſerue l'eſpoir.

XCII.

Dans la pleine fortune, & parmi l'abondance,
Qui desire toûjours souffre encor l'indigence,
Et dans son petit sort qui sçait borner ses vœux,
N'a jamais de besoin, & vit toûjours heureux.

XCIII.

Que dans de hauts projets qui surpassent ta force,
Vn temeraire espoir ne trouue point d'amorce,
Consulte tes efforts, connois ce que tu peux,
Et tes desseins n'auront que dés succés heureux.

XCIV.

Quiconque en pleine mer imprudemment s'engage,
voit son fresle vaisseau faire vn honteux naufrage;
Mais qui craint la tempeste, & suit toûjours le bord,
Prend vne route seure, & rencontre le port.

XCV.

De celuy dont tu veux choisir la confidence,
Dans les occasions éprouue le silence,
Fais luy de peu de chose vn important secret,
Et vois plus d'vne fois s'il peut estre discret.

XCVI.

Dans les succés passés que ta prudence instruite,
Cherche pour l'auenir vne juste conduite;
Ainsi ta preuoyance éuitera les coups,
Que du sort mutiné t'appreste le couroux.

XCVII.

Quand pour te diuertir tu te mets en partie,
Porte aux autres humeurs vne humeur aſſortie,
Fais ce qui plaiſt à tous, & par d'autres deſirs,
Ne mets point vn obſtacle à leurs communs plaiſirs.

XCVIII.

Sur la profeſſion où tu dois toûjours viure,
Conſulte-toy long-temps auant que de la ſuiure;
Mais quand l'élection en eſt faite vne fois,
Fais ce qu'elle t'impoſe, & vis comme tu dois.

XCIX.

A celuy dont les ſoins conduiſent ta jeuneſſe,
Auecque du reſpect faits voir de la ſoupleſſe;
Et ſon eſprit charmé de ta ſoûmiſſion,
Donnera plus de zele à ton inſtruction.

C.

C'eſt en vain que du fard la friuole impoſture,
De ton âge auancé veut reparer l'injure;
Le temps ſera le maiſtre, & malgré tous tes ſoins,
Ton artifice aura tous les yeux pour témoins.

CI.

En tout temps, en tout lieu, dans toute conjoncture,
Dans tout ce que tu fais, fais voir vne ame pure;
Et par de fins biais hors de la bonne foy,
Ne ſurprens point celuy qui traitte auecque toy.

CII.

Lors qu'vn de tes amis a par ſon imprudence,
Tombé dans l'infortune, & dans la décadence,
Ne luy reproche pas qu'il s'en eſt fait l'auteur,
Mais dans vn prompt ſecours montre luy ta ferueur.

CIII.

Enflé des qualités qui te rendent illuſtre,
Si tu prens trop d'orgüeil, tu ternis tout leur luſtre,
La gloire s'obſcurcit dans les cœurs inſolens,
Et la grandeur modeſte a de nouueaux brillans.

CIV.

Euſſes-tu ſur le front la plus riche Couronne,
D'vn air plein de fierté ne rebute perſonne,
Le viſage accüeillant à des charmes vainqueurs
Dont le ſeul auantage attire tous les cœurs.

CV.

De ces gens qui ſans ceſſe ont cent & cent nouuelles,
Ne croy pas que toûjours les rapports ſoient fidelles,
N'en fais donc point de cas, & tiens pour aſſuré,
Que quand on en dit tant, on dit rarement vray.

CVI.

Encor qu'à ton ami tu doiues tout ton zele,
S'il te demande vn crime, il faut eſtre infidelle;
Le ſalut eſt pour nous le bien plus precieux,
Et l'amitié n'eſt rien quand il s'agit des Cieux.

CVII.

D'vne ſuperbe dot que le riche auantage ;
Ne te faſſe jamais ſonger au mariage ,
Les grands biens de l'hymen ne font pas les douceurs ,
Et ſon bon-heur ne giſt qu'en l'vnion des cœurs.

CVIII.

D'vne rare beauté ne fais point ton idole ,
Souuent en peu de jours tout ſon éclat s'enuole ,
Et du moindre accident vn beau viſage atteint ,
Fait voir mille ſoucis où le lys eſtoit peint.

CIX.

Si tu veux vn objet aux ardeurs de ta flâme,
Fais vn plus digne choix , & cherche vne belle ame ,
Sa gloire eſt eternelle , & ſes traits éclatans,
Ne redoutent les loix ny du ſort ny du temps.

CX.

Quand celle à qui te joint le nœud de l'hymenée ,
Par d'aymables threſors montre vne ame bien née ,
Vn défaut qui ſe meſle à ſes dons precieux,
Ne te doit pas en faire vn objet odieux.

CXI.

Lors qu'on accorde vn bien ſi-toſt qu'on le demande,
La faueur que l'on fait en eſt deux fois plus grande ;
Et quand dans le beſoin on n'ayde qu'à regret ,
Au lieu de le donner c'eſt vendre ſon bien-fait.

CXII.

Si ton courage est bas assez pour ne pas rendre,
Les bien-faits obligeans que ta main ose prendre,
Tu faits vne injustice, & voles des faueurs
Que tu deuois laisser à de plus nobles cœurs.

CXIII.

Le bien-fait publié cesse d'estre vne grace,
Au moment qu'on le vante, au moment il s'efface,
Vn homme genereux rougit quand on le sçait;
Et pour bien obliger il faut estre discret.

CXIV.

Lors que tu veux loüer, souuiens-toy de le faire,
Sans qu'vn lâche interest te propose vn salaire,
D'vn Eloge pompeux si l'hommage n'est pur,
Plus il semble éclatant, & plus il est obscur.

CXV.

Si tu faits en secret vne action coupable,
Pour estre sans témoins es-tu moins miserable;
Ton cœur incessamment vient l'offrir à tes yeux,
Et t'en fait vn bourreau qui te suit en tous lieux.

CXVI.

Montres à ton amy toûjours vn mesme zele,
Sa fortune changeant, ne change pas comme elle,
Et fais dans son malheur voir le mesme transport,
Que tu fis éclater pendant son heureux sort.

C'est

CXVII.

C'eſt peu que d'eſtre ami, dans la bonne fortune,
Le nombre des amis alors nous importune;
Et l'on ne voit qu'au temps d'vn deſtin rigoureux
La ſincere ferueur d'vn amy genereux.

CXVIII.

Si pour les beaux exploits qu'à produits ta vaillance,
Tu reçois de ton Prince vne ample recompenſe,
Sa generoſité ſeule te fait ce bien;
Tu luy deuois ton bras, & ne te deuoit rien.

CXIX.

A quoy que pour les Roys la valeur nous excite,
Ce n'eſt rien qu'vn deuoir dont noſtre bras s'acquite,
Le Ciel dans ce haut rang les a pour leur ſecours,
Fait maiſtres de nos biens, & maiſtres de nos jours.

CXX.

Reſpecte le vieillard, ſouffre de ſa foibleſſe;
Ne te ris point de luy, ne dis rien qui le bleſſe,
Songe qu'enfin les ans alterent la raiſon,
Et que tu ſeras tel en la meſme ſaiſon.

CXXI.

Le ſonge des tranſports dont l'ame eſt poſſedée,
Ou de ce qu'on a veu, n'eſt qu'vne vaine idée;
Et l'homme vainement, des objets qu'il fait voir
Se forme de la crainte, ou conçoit de l'eſpoir.

CXXII.

Bien qu'à tes actions la populace ingrate
N'accorde pas l'esclat de ce bruit qui nous flate;
Suis toûjours le beau feu dont ton cœur est épris,
Et ta propre vertu te seruira de prix.

CXXIII.

Tu ne dois point debattre vne chose incertaine
Pendant l'emportement où le courroux t'entraîne:
Ce transport nous aueugle, & nostre jugement
Est incapable alors d'aucun discernement.

CXXIV.

Si tu sens quelque-fois vne indiscrete enuie
D'esplucher du prochain & les mœurs & la vie:
Pour vaincre ce desir qu'on te peut reprocher,
Songe que tout mortel est sujet à pecher.

CXXV.

Tantost contre le sort esprouue ta constance,
Et tantost à ses Lois cede sans resistance:
Le Sage au gré du temps & des occasions,
Peut sans se démentir regler ses actions.

CXXVI.

De ce qui n'est à toy que par vne promesse,
Comme d'vn bien certain ne faits point de largesse:
On promet sans contrainte, on s'engage aisément;
Mais ce qu'on a promis se donne rarement.

CXXVII.

Lors que ſous la ſplendeur d'vn Eloge ſublime
Quelqu'vn fait éclater ta gloire & ton eſtime,
Sans te laiſſer charmer à cét appas trompeur,
Pour ſçauoir ton merite interroge ton cœur.

CXXVIII.

Voy ſans inquiétude & ſans impatience,
Vn entretien ſecret qu'on fait en ta preſence:
Celuy qui d'vn remord ſent le rigoureux trait,
Croit que tout ce qu'on dit accuſe ſon forfait.

CXXIX.

Pendant qu'à tes ſouhaits tout rit & tout proſpere,
Au milieu du bon-heur crains vn deſtin contraire:
Tous nos jours ſont ſujets aux loix du changement,
Leur fin n'eſt pas ſemblable à leur commencement.

CXXX.

Puiſqu'il nous faut tous choir ſous la Parque inhumaine,
Que de nos foibles jours la trâme eſt incertaine,
Quelques vœux que ton ſort te faſſe conceuoir,
Dans le treſpas d'autruy ne mets point ton eſpoir.

Fin du premier Liure des Quatrains.

SENTENCES

CEux à qui des Tresors l'insatiable enuie
Fait parmi l'Opulence & la Prosperité
Traisner honteusement leur vie
Dans vne infâme pauureté,
Consentent au desordre où leur vice les plonge,
Et font le tourment qui les ronge.

L'Auare en finissant ses iours,
Fait le seul bien qu'il pouuoit faire,
Il ouure ses Tresors à ceux dont la misere
Attendoit vn si doux secours.

LA Fortune n'a point d'efforts
Qui puissent ébranler le Sage,
La perte des plus grands Tresors
Ne fait point paslir son visage:
L'auare seulement redoute son outrage.

CEux que bruſle l'auarice,
Paſſent triſtement leurs iours:
Qui leur ſouhaite vn long cours
Leur ſouhaite vn long ſupplice.

QV'vne vieille a mauuaiſe grace
D'aimer les jeux & les ébats!
Il ſemble qu'elle veut rire auec le treſpas,
Et diuertir la Mort dont le trait la menace.

AV gré d'vne vaine arrogance
N'oppoſons point de reſiſtance
Aux volontez des Souuerains:
Reſpectons le pouuoir qu'ils portent dans leurs mains,
Et ſouffrons auec déference
Que leur choix regle leurs deſſeins.

LEs charmes les plus doux qu'offrent à nos desirs
Les voluptez & les plaisirs,
Sont des biens de peu de durée :
Mais les honneurs ont des brillans
Dont la splendeur est reuerée
Dans le cours éternel des ans.

C'Est vne vertu reprochable
D'exceller dans vn art honteux :
De ceux qui s'appliquent aux jeux
Le plus docte est le plus coupable.

IL n'est point de bruit incroyable
Quand il annonce des malheurs ;
Et par vn sort trop déplorable
Celuy qui vient armé des plus fieres rigueurs
Nous paroist le plus veritable.

CEluy qui s'abandonne aux fureurs du soupçon
Ne trouue rien de legitime,
La plus pure action montre l'horreur d'vn crime
A ses yeux infectez d'vn si triste poison.

Fautes ſuruenuës en l'Impreſſion.

AV 7. Quatrain, *p.* 3. *Qu'à produit ſon amour*, liſez, *Qu'à produits*, au meſme, *Te l'approuuer*, liſez, *Te la prouuer*, au 72. Quatrain, *p.* 16. *Du Iuge qui t'accable*, liſez, *Qui t'outrage*, au 67. Quatrain, *p.* 15. *Son eſprit dangereux*, liſez, *Son excés dangereux*, au 69. Quatrain, *p.* 15. *Mais le beſoin fourni*, liſez, *Et ce beſoin fourni.*

Extraict du Priuilege du Roy.

PAR grace & Priuilege du Roy, donné à Paris le huictiesme May 1663. Et signé; Par le Roy en son Conseil, DELYNES. Il est permis à CLAVDE BVRAY, Imprimeur & Marchand Libraire à Paris, d'imprimer, ou faire imprimer vn *Recueïl de Poësies, auec vne quantité de Quatrains Chrestiens & Moraux, par le Sieur de la Groudiere*, pendant le temps de sept ans entiers, finis & accomplis; à compter du iour que ledit Recueïl sera acheué d'imprimer: Et défenses sont faites à tous autres Imprimeurs & Libraires, d'en vendre ny distribuer d'autre Impression que de celle qu'aura faite ledit BVRAY, où ceux qui auront droict de luy; sur peine aux contreuenans de quatre mil liures d'amende, & de tous despens, dommages & interests, ainsi qu'il est plus amplement mentionné esdites Lettres qui sont en vertu du present Extraict, tenuës pour deuëment signifiées.

Acheué d'imprimer le dernier May 1663.

www.ingramcontent.com/pod-product-compliance
Ingram Content Group UK Ltd.
Pitfield, Milton Keynes, MK11 3LW, UK
UKHW020418220726
13923UKWH00005B/2024